DÉFENDRE DE L'ART

VENTE
Du Mardi 15 Avril 1913
HOTEL DROUOT, SALLE N° 10
A DEUX HEURES

COLLECTION DE M. GUSTAVE D..

Tableaux Anciens
OBJETS D'ART
ET DE CURIOSITÉ
DES XVIᵉ, XVIIᵉ SIÈCLES
ET AUTRES

COMMISSAIRE-PRISEUR
Mᵉ Henri BAUDOIN
Successeur de M. PAUL CHEVALLIER

EXPERTS
Pour les Tableaux :
M. Jules FÉRAL
Pour les Objets d'art :
MM. MANNHEIM

CATALOGUE

DES

TABLEAUX ANCIENS

PRIMITIFS

Des Écoles Allemande, Française, Espagnole et Italienne

OBJETS D'ART & DE CURIOSITÉ

FAIENCES, ARMES, HORLOGES, ÉMAUX

SCULPTURES

BRONZES — ÉTOFFES

MEUBLES

Appartenant à M. Gustave D...

ET DONT LA VENTE

POUR CAUSE DE DÉPART

AURA LIEU A PARIS

HOTEL DROUOT, SALLE N° 10

LE MARDI 15 AVRIL 1913

à deux heures

COMMISSAIRE-PRISEUR

M° HENRI BAUDOIN, Successeur de M. Paul CHEVALLIER
10, rue de la Grange-Batelière

EXPERTS

Pour les Tableaux :	*Pour les Objets d'art :*
M. JULES FÉRAL	**MM. MANNHEIM**
7, rue Saint-Georges	7, rue Saint-Georges

EXPOSITION PUBLIQUE
Les Dimanche 13 et Lundi 14 Avril 1913, de 1 h. 1/2 à 6 heures

CONDITIONS DE LA VENTE

Elle sera faite au comptant.

Les adjudicataires paieront *dix pour cent* en sus des enchères.

Paris. — Imp de l'Art, Ch. Berger, 41, rue de la Victoire.

DÉSIGNATION

TABLEAUX ANCIENS

BARTOLO (Attribué à Taddeo)

1 — *La Vierge et l'Enfant Jésus entre deux saints.* *1.000*

L'enfant a les pieds appuyés sur un croissant qui se
détache en blanc dans le bas du tableau.

Figures nimbées d'or.

Bois. Haut., 63 cent.; larg., 45 cent.

BELLINI (D'après Jean)

2 — *Gentilhomme à toque rouge.* *145.*

Copie du xix⁰ siècle.

Bois. Haut., 36 cent.; larg., 30 cent.

ÉCOLE ALLEMANDE

3 — *Buste de Femme.* *130.*

De trois-quarts à gauche, les cheveux blonds bou-
clés.

Bois. Haut., 41 cent.; larg., 38 cent.

ÉCOLE D'AVIGNON (xvᵉ siècle)

4 — *Le Christ déposé de la croix.*

Bois de forme ogivale.

Haut., 60 cent.; larg., 28 cent.

ÉCOLE DE COLMAR (Fin du xvᵉ siècle)

5 — *Ecce Homo.*

Le Christ est debout entre la Vierge et saint Jean.

Bois. Haut., 43 cent.; larg., 32 cent.

ÉCOLE DE COLOGNE (xvᵉ siècle)

6 — *La Vierge portant l'Enfant Jésus.*

Fond d'or.

Bois. Haut., 23 cent.; larg., 16 cent

ÉCOLE ESPAGNOLE (xvᵉ siècle)

7 — *Saint tenant une épée et un livre d'heures.*

Fond d'or.

Bois. Haut., 88 cent; larg., 63 cent.

ÉCOLE ESPAGNOLE (xvᵉ siècle)

8 — *Saint personnage tenant un phylactère.*

Fond d'or, à décor rehaussé de carmin.

Bois. Haut., 51 cent.; larg., 35 cent.

ÉCOLE FLAMANDE (Fin du xvie siècle)

9 — *Fête dans un parc.*

D'élégants personnages sont réunis devant un château.

Au second plan, on remarque un parterre à la française.

> Bois. Haut., 72 cent.; larg., 1 m. 08 cent.

Cadre en bois sculpté.

(Ancienne Collection Honoré de Balzac.)

ÉCOLE FLORENTINE (xve siècle)

10 — *La Vierge adorant l'Enfant Jésus.*

Elle est entourée de deux saints et d'anges couronnés de fleurs.

Nimbes et fond d'or.

> Bois. Haut., 86 cent.; larg., 65 cent.

*(Ancienne Collection Blood, où il était attribué
à Sano di Pietro.)]*

ÉCOLE FLORENTINE (xve siècle).

11 — *La Résurrection.*

Fond d'or.

> Bois. Haut., 41 cent.; larg., 44 cent.

Cadre en bois sculpté à pilastres et décor doré sur fond bleu.

ÉCOLE FLORENTINE (xve siècle)

12 — *Moine tenant un livre d'heures.*

Fond d'or.

> Bois. Haut., 12 cent.; larg., 9 cent.

Cadre en bronze doré Renaissance.

ÉCOLE FRANÇAISE (XIXe siècle)

13 — *Les Petits Maraudeurs.*

Toile. Haut., 46 cent.; larg. 55 cent.

ÉCOLE HOLLANDAISE (XVIIe siècle)

14 — *Gentilhomme en buste.*

En haut à gauche, le millésime *1600.*

Bois. Haut., 30 cent.; larg., 25 cent.

Cadre en bois sculpté.

ÉCOLE ITALIENNE (XVIIe siècle)
(DEUX PENDANTS)

15-16 — *Figures de Saintes.*

Cuivre. Haut., 6 cent.; larg., 5 cent.

Cadres en cuivre ajouré.

ÉCOLE DE NUREMBERG (XVe siècle)

17 — *La Vierge et l'Enfant Jésus portant la croix.*

Bois. Haut., 47 cent.; larg., 26 cent.

ÉCOLE TOSCANE (XVe siècle)

18 — *Deux Saints Personnages.*

Fond d'or.

Bois. Haut., 10 cent.; larg., 24 cent.

ÉCOLE VÉNITIENNE (XVe siècle)

19 — *La Vierge et l'Enfant Jésus à l'oiseau.*

Fond de paysage.

Bois. Haut., 40 cent.; larg., 34 cent.

JOUVENET (JEAN)

20 — *Le Sacrifice d'Abraham.*

Esquisse.

Toile cintrée dans la partie supérieure.

Haut., 31 cent.; la g., 18 cent.

LE SUEUR (École d'Eustache)
(DEUX PENDANTS)

21 — *La Vierge.*

22 — *Saint Jean.*

Bois de forme ronde.

Diam., 45 cent.

MORALÈS (Louis de)

23 — *Le Christ au roseau.*

Bois. Haut., 45 cent.; larg., 35 cent.

MURILLO (École de)

24 — *Saint Jean-Baptiste.*

Bois. Haut., 59 cent.; larg., 40 cent.

MURILLO (École de)

25 — *L'Enfant Jésus.*

Bois. Haut., 60 cent.; larg., 41 cent.

SASSOFERRATO (Jean-Baptiste Salvi, dit le)

255

26 — *La Vierge et l'Enfant Jésus.*

Cuivre. Haut., 28 cent.; larg., 19 cent.

Cadre en bois sculpté, avec coquille formant bénitier.

SPRUIJT (Signé P.)

115

27 — *Suzanne et les Vieillards.*

Toile. Haut., 53 cent.; larg., 44 cent.

FAIENCES

28 — Deux bouteilles à pans, décorées de fleurs en bleu. Ancienne faïence de Delft.

29 — Cornet de pharmacie, décoré de trophées ainsi que d'un médaillon contenant une figure de saint. Ancienne faïence de Castel-Durante.

30 — Cornet de pharmacie, présentant un buste de personnage de style antique, dans un médaillon, ainsi que des trophées d'armes. Ancienne faïence de Castel-Durante.

31 — Coupe, présentant, au fond, un buste de femme avec inscriptions et, alentour, des rinceaux et des feuillages sur fonds vert et jaune d'ocre. Ancienne faïence de Faënza.

32 — Vase ovoïde de pharmacie, présentant un médaillon contenant un buste de vieillard, le reste de la pièce étant orné de grotesques en bleu sur fond jaune d'ocre. Ancienne faïence de Faënza.

33 — Cornet de pharmacie, présentant sur fond jaune d'ocre des grotesques en bleu, avec indication de la drogue qu'il devait contenir. Ancienne faïence de Faënza.

34 — Deux petits cornets de pharmacie, décorés de fleurs et de feuilles sur fond bleu. Ancienne faïence de Faënza.

35 — Coupe, présentant un sujet saint entouré de feuillages. Ancienne faïence de Gubbio à reflets métalliques.

36 — Fond de plat, présentant un buste de saint Jean ; sur la bordure, des feuillages ; décor bleu et à reflets métalliques. Ancienne faïence de Gubbio.

37 — Petit plat, présentant les armes d'un prélat, fond bleu. Ancienne faïence de Venise.

38 — Plat à ombilic, à décor de motifs irréguliers à reflets métalliques. Revers orné. Ancienne faïence hispano-mauresque.

OBJETS VARIÉS

39 — Grande miniature, provenant d'un antipho-
naire et présentant une capitale ornée de figures
de sainteté. xiv⁰ siècle. Cadre en bois doré à
moulures.

40 — Grande initiale, provenant d'un manuscrit, et
représentant la lettre *O*, à l'intérieur de laquelle
est figurée la scène de l'Entrée du Christ à Jéru-
salem. xvi⁰ siècle. Dans un cadre en bois
sculpté et doré, du xvii⁰ siècle.

41 — Grande miniature, provenant d'un manuscrit
et présentant la Vierge et saint Joseph en prières
devant l'Enfant Jésus. xvi⁰ siècle. Dans un
cadre en bois sculpté et doré, du xvii⁰ siècle.

42 — Tableau doré sous verre, à sujet mytholo-
gique : Bacchanale, fin du xvi⁰ siècle, d'après
Goltzius. Dans un cadre, du xvii⁰ siècle, en
bois noir, partiellement doré.

43 — Petite coupe en verre de couleurs et doré, présentant un personnage et une inscription de
sainteté. xvii⁰ siècle.

44 — Chapiteau de pilastre en bois sculpté, présentant un aigle et des feuilles. Fin du xvi⁰ siècle.

45 — Deux petits médaillons ronds en os sculpté, en haut-relief : la Flagellation, le Portement de croix. xvi° siècle.

46 — Petit Christ en os sculpté. xvii° siècle.

47 — Petit cadran solaire en argent, signé : *Butter-field, à Paris.* xviii° siècle. Avec écrin en chagrin.

48 — Calendrier perpétuel hollandais, de forme ronde, en argent gravé. xvii° siècle.

49 — Petit reliquaire en argent, à décor de rinceaux et fleurs. Il est surmonté d'une figure de sainte Marguerite et porte la date : *1625.* xvii° siècle.

50 — Petite boîte ronde en argent ajouré, gravé et doré, destinée aux médailles de mariages. xviii° siècle.

51 — Cadre à trois places en bois, avec incrustations d'os ; il est décoré de colonnettes et surmonté d'un triple fronton. Travail italien du xvi° siècle.

52 — Cadre en bois noir guilloché, du xvii° siècle ; il est orné d'un cartouche porté par deux enfants en cuivre doré, du xviii° siècle.

53 — Deux cadres en bois sculpté, peint et doré, à décor d'angelots et mascarons. xvii° siècle.

54 — Petit cadre rectangulaire en bois sculpté et doré, à fleurs et fruits. XVIIe siècle.

55 — Petit cadre rectangulaire en bois ajouré, sculpté et doré, à décor de petites feuilles et coquilles. XVIIe siècle.

56 — Cadre rectangulaire en bois noir guilloché, du XVIIe siècle.

57 — Petit cadre rectangulaire en bois, avec bordure guillochée. XVIIe siècle.

58 — Étui de trousse en cuir gravé, à décor de fleurs de lis. XVIIe siècle.

59 — Coffret en pâte blanche et doré, à sujet de style antique. Travail italien du XVIe siècle.

60 — Coffret exécuté en paille de couleurs et monté en argent. XVIIIe siècle.

61 — Coffret revêtu de cuir fauve, doré. XVIIIe siècle.

62 — Mandoline, avec incrustations de nacre. XVIIIe siècle. A l'intérieur, la date : *1770* et la signature : *Joseph de Mana fecit Napoli.*

63 — Aiguière en étain. Ancien travail français.

64 — Peigne en bois sculpté, avec applications d'os ajouré. Ancien travail de Saint-Claude.

65 — Colonnette en spath-fluor violet.

66 — Deux landiers en fer, ornés de boules de cuivre. XVIIe siècle.

ARMES, HORLOGES

ÉMAUX

67 — Dague en fer damasquiné d'argent, du temps de Henri II ; lame évidée.

68 — Épée, à poignée de fer damasquiné d'argent ; pommeau côtelé, quillon recourbé en S et branche de garde ornée de petits godrons. XVIe siècle.

69 — Couteau en fer ciselé et doré, de la fin du XVIe siècle.

70 — Mousquet à rouet en bois incrusté de nacre et d'os, à décor de rinceaux, médaillons et feuillages avec composition relative à Guillaume Tell ; batterie de fer gravé relative au même personnage. Travail allemand de la fin du XVIe siècle.

71 — Fer d'esponton, partiellement gravé et doré, aux armes des Habsbourg, Médicis, etc. XVIIe siècle.

72 — Pistolet à silex en bois garni d'acier ciselé, à décor de bustes, rocailles, etc. Travail d'Oviedo. XVIIIe siècle.

73 — Horloge de table en bronze gravé et doré, à décor de rinceaux, navires, fruits, fleurs, etc. Elle est surmontée d'une figurine de femme nue. Commencement du XVIIe siècle.

74 — Horloge de table, à mouvement porté par un pied-balustre qui contient le timbre. Cadran signé : *Roussel, à Paris.* xviiᵉ siècle. Elle est surmontée d'une figurine d'Amour sur un dragon d'époque postérieure.

75 — Petite horloge de table en cuivre gravé et doré; le cadran présente des feuillages ainsi que la signature : *Gio fran. Gioly, Roma.* Le revers, ajouré, est orné d'un monogramme timbré d'une couronne. Italie, xviiᵉ siècle. Mouvement à sonnerie.

76 — Pendule en marqueterie de cuivre sur écaille; elle est ornée de petits vases de flammes, chutes à cariatides d'enfants, appliques, volutes feuillagées, cadran, etc., en bronze. Mouvement signé : *J. Baronneau.* Époque Louis XIV.

77 — Christ en cuivre champlevé et émaillé, de Limoges, xiiiᵉ siècle. Il est crucifié à quatre clous et porte un perizonium.

78 — Plaque rectangulaire : Saint Bruno. Émail peint de Limoges, par *Jean Limosin.* Fin du xviᵉ siècle.

79 — Médaillon ovale : Saint François de Sales. Émail peint de Limoges, par *J. Laudin.* xviiᵉ siècle.

80 — Petite plaque rectangulaire, présentant le Christ crucifié. Émail peint de Limoges, commencement du xviᵉ siècle. Cadre en cuivre peint à fleurs, du xviiᵉ siècle.

81 — Plaque en émail peint de Limoges, xviiᵉ siècle, par *P. Nouailher l'aîné* : la Nativité.

SCULPTURES

82 — Bas-relief en albâtre, avec traces de dorure et de peinture : la Résurrection. Composition de cinq personnages. xive siècle.

83 — Petit fragment : tête d'homme barbu, en pierre sculptée et peinte. xvie siècle.

84 — Groupe en pierre sculptée, avec traces de peinture, représentant la Sainte Trinité. xvie siècle.

85 — Statuette en pierre sculptée, avec traces de peinture et de dorure, représentant un saint personnage, debout, tenant un livre ouvert. xvie siècle.

86 — Haut relief en marbre blanc, présentant la Piéta. xvie siècle.

87 — Haut relief en marbre blanc, avec traces de dorure, présentant la Vierge à mi-corps, tenant l'Enfant Jésus et entourée de chérubins. Travail espagnol du xvie siècle. Encadré.

88 — Bas-relief en albâtre : l'Assomption. xviie siècle. Dans un cadre à motifs exécutés en pâte, avec traces de dorure de travail italien du xvie siècle.

89 — Statuette : le Christ de douleur. Albâtre, avec traces de peinture et de dorure. xviie siècle.

90 — Statuette en bois sculpté : Sainte Catherine, debout, tenant un livre ouvert ; à ses pieds, le roi de Lydie. Fin du xve siècle.

91 — Grand haut relief en bois sculpté, peint et doré, représentant la Vierge assise, tenant l'Enfant Jésus, à qui saint Joseph offre un coffret, Commencement du xvie siècle.

92 — Statuette en bois sculpté, peint et redoré, représentant un saint militaire debout, portant l'arme complète et tenant un reliquaire. xvie siècle.

93 — Statuette en bois sculpté, représentant une sainte femme debout, en costume civil, tenant de la main gauche un seau à eau bénite et sous le bras un livre fermé. xvie siècle.

94 — Statuette en bois sculpté, peint et doré : Saint personnage debout, portant l'armure, tenant d'une main un livre fermé et de l'autre des flèches. xvie siècle.

95 — Buste, grandeur nature, de sainte femme en bois sculpté. xviie siècle.

BRONZES, CUIVRES

96 — Mortier en métal de cloche, orné de médaillons-bustes, images de sainteté, etc. Commencement du xvi° siècle.

97 — Figurine de bronze doré, représentant Mercure, debout, presque nu. Italie, xvi° siècle.

98 — Mortier en bronze, orné de trois écussons armoriés supportés par des lions. A la base, l'inscription : *Omnia ad finem dirigas*. Travail italien du xvi° siècle.

99 — Statuette en bronze partiellement doré, représentant un guerrier de style antique debout et en armure. Travail italien du xvi° siècle. Base en marbre de couleurs.

100 — Petit diptyque en cuivre gravé, à dessin de rinceaux; à l'intérieur, deux plaques d'argent niellé présentant la Communion et la Charité. xvi° siècle.

101 — Calice en cuivre, avec traces de dorure, sur tige à nœud et pied contourné. xvi° siècle.

102 — Baiser de paix en bronze doré, présentant une Piéta. Travail italien du xvi° siècle.

103 — Baiser de paix en bronze doré, présentant une Piéta avec la Résurrection dans le fronton. xvi° siècle.

104 — Nœud de croix en bronze doré, à décor de feuilles, moulures, et avec inscription sur la tige. XVIe siècle.

200 -

105 — Plaquette en bronze doré : Saint Jérôme en prières. Italie, XVIe siècle.

106 — Croix processionnelle en cuivre gravé et doré, ornée de médaillons émaillés. Travail espagnol du XVIe siècle.

250.

107 — Coffret en cuivre gravé et doré, à décor de personnages sur toutes les faces et oiseaux sur le dessous. Commencement du XVIIe siècle.

220.

108 — Grosse montre en cuivre ajouré et doré, à motifs réguliers. Mouvement signé : *Hans Schniepin. Speeir*. Travail de *Spire*. Commencement du XVIIe siècle. Dans un étui en broderie, d'ancien travail oriental.

350.

109 — Flambeau en bronze, avec traces de dorure, à décor de feuillages et mascarons de chérubins. Époque Louis XIII.

110 — Lustre, à six lumières, en dinanderie, daté : *1640*. XVIIe siècle.

310

111 — Petit pied de calice en bronze gravé et doré, du XVIIe siècle.

112 — Pied de calice en bronze, avec traces de dorure; décor de feuillages et grappes de raisin. XVIIe siècle.

113 — Piat à ombilic en cuivre argenté; il est orné d'une inscription stylisée. XVIIᵉ siècle.

114 — Fragment de reliquaire, présentant deux anges, debout, aux ailes déployées. XVIIᵉ siècle. Cuivre doré.

115 — Calice en cuivre doré, à décor de têtes de chérubins, feuillages, etc. XVIIᵉ siècle.

116 — Deux chandeliers en dinanderie, munis chacun d'un plateau au milieu de la tige. XVIIᵉ siècle.

117 — Deux figurines en bronze doré, du XVIIᵉ siècle : la Vierge en prières et saint Jean.

118 — Statuette d'homme sauvage, tenant une massue, en ancienne dinanderie.

119 — Petit fragment en bronze vert, formé d'une figure de personnage sur un dragon. Ancien travail italien.

120 — Cadran solaire en cuivre ajouré, à décor de rocailles. XVIIIᵉ siècle. Dans un écrin.

121 — Statuette d'Hercule en bronze argenté, d'après l'antique.

MEUBLES

122 — Dressoir en bois sculpté, fermant à cinq portes et contenant deux tiroirs. Les portes de la rangée supérieure présentent des mascarons et des têtes d'oiseaux ainsi que des moulures ; en avant de ces portes, se dressent deux balustres. Les tiroirs sont décorés de godrons obliques et les portes inférieures de vases de fleurs. XVIe siècle.

123 — Meuble à deux corps, fermant à quatre portes et contenant deux tiroirs ; bois sculpté. Les portes présentent les figures des Saisons et les tiroirs des têtes humaines ainsi que des rinceaux ; le corps supérieur est orné, en outre, de trois figures de personnages debout. Fin du XVIe siècle.

124 — Petit cabinet plaqué d'os et d'ébène. Il est décoré intérieurement de rinceaux, de feuilles, d'animaux, de figures mythologiques et présente, au centre, sur la porte du tabernacle, une figurine de personnage debout en costume civil. Fin du XVIe siècle.

125 — Escabeau, à dossier de bois sculpté à motifs irréguliers : têtes d'oiseaux, mascarons, etc. Commencement du XVIIe siècle.

126 — Fauteuil en bois, à bras et traverses tors, du temps de Louis XIII ; il a été recouvert d'ancienne tapisserie au point.

127 — Fauteuil en bois sculpté, à traverses et bras
tors, les bras se terminant par des têtes d'animaux chimériques. Il est couvert de soie rouge
brochée à petites fleurs jaunes. Époque Louis XIII.

128 — Fauteuil en bois sculpté, à traverses et bras
tors, avec têtes d'animaux chimériques à l'extrémité des bras. Époque Louis XIII. Il a été
recouvert de tapisserie au point.

129 — Table à un tiroir en bois sculpté, à moulures, sur piètement à colonnettes et traverses
torses. Époque Louis XIII.

130 — Fauteuil en bois sculpté, à traverses et bras
tors, avec mufles de lions à l'extrémité des
bras. Époque Louis XIII. Il a été recouvert d'é-
toffe.

131 — Deux chaises en bois sculpté, à haut dossier, et sur quatre pieds reliés par des traverses ;
décor de volutes. Elles sont couvertes de velours rouge. XVIIᵉ siècle.

132 — Lit à baldaquin en bois sculpté, à colonnettes torses. Le chevet du lit offre un motif
ajouré, orné également de colonnettes torses et
présentant un bas-relief : le Portement de croix,
avec deux figures allégoriques sur les côtés. Ce
lit est garni d'un dessus de lit, d'un fond de lit,
d'un ciel et d'un tour de lit en serge verte, avec
applications à dessin de rinceaux. XVIIᵉ siècle.

133 — Fauteuil en bois sculpté, à traverses et bras tournés, avec petites feuilles à l'extrémité des bras. Siège et dossier, couverts en cuir peint à fleurs et fruits sur fond doré. xviie siècle.

134 — Miroir, dans un cadre plaqué d'écaille et bordé de moulures guillochées xviie siècle.

135 — Petite table-support en bois sculpté, sur pieds tors reliés par des traverses également torses. Elle contient un tiroir. xviie siècle.

136 — Fauteuil, à dossier élevé, en bois ajouré et sculpté, à décor de feuillages; pieds et traverses tors. xviie siècle.

137 — Cabinet sur table-support en bois, avec applications d'écaille et incrustations de cuivre ; il est orné d'appliques, de mascarons, de sujets mythologiques, etc., en bronze. xviie siècle.

138 — Bureau à X en marqueterie de bois de couleurs, sur huit pieds-balustres. Il contient sept tiroirs et une petite armoire. Époque Régence.

139 — Glace, dans un cadre en glace et bois sculpté et doré, à fronton décoré de branchages avec fruits, ainsi que de motifs de rocailles. Époque Louis XV.

140 — Miroir ovale, dans un cadre de forme contournée en bois sculpté, à décor de quadrillés, fleurs et mascarons.

ÉTOFFES

141 — Baiser de paix en broderie et cannetille.
xvi⁰ siècle.

142 — Petit tableau en broderie de soies de couleurs
et d'argent doré, présentant saint André tenant
sa croix. Travail italien du xvi⁰ siècle. Cadre en
bois sculpté et doré.

143 — Bande d'orfroi en satin bleu, avec applications
à décor de rinceaux fleuris. xvi⁰ siècle.

144 — Chaperon en satin rouge, avec applications
de broderie de soies de couleurs et d'argent doré,
présentant un médaillon contenant la Vierge
portant l'Enfant Jésus. Italie, xvi⁰ siècle.

145 — Chaperon en velours vert, avec applications,
présentant un médaillon en broderie de soies de
couleurs et d'argent doré : saint Michel terrassant
le démon. Italie, xvi⁰ siècle.

146 — Carré en velours violet, avec applications de
broderie, présentant un médaillon à sujet saint
entouré de rinceaux. Travail italien du xvi⁰ siècle.

147 — Tour de lit en satin rouge broché à grands
ramages. xvii⁰ siècle.

148 — Fragment de tapisserie flamande, du xvi⁰ siècle, présentant des sujets de chasse.

RED. :

22

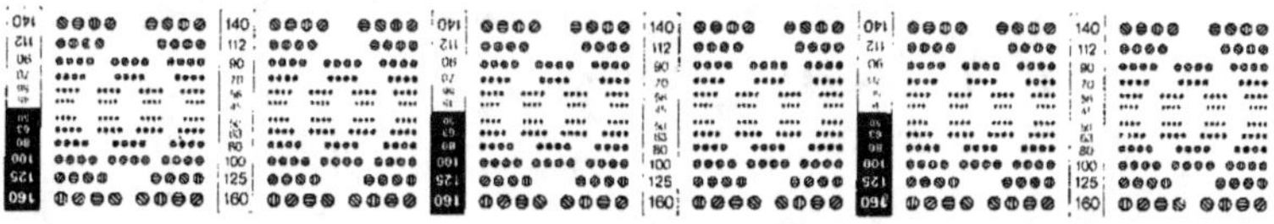

graphicom

0 1 2 3 4 5 6 7 8 9 10